笑いあり、しみじみあり

シルバー川柳

笑いの万博編

みやぎシルバーネット＋河出書房新社編集部 編

河出書房新社

本書は、宮城県仙台市で発行されている高齢者向けフリーペーパー『みやぎシルバーネット』に連載の「シルバー川柳」への投稿作品、および河出書房新社編集部あてに投稿された作品から構成されました。

投稿者はみな、六〇歳以上のシニアの方々です。『みやぎシルバーネット』への投稿者の多くは仙台圏在住の方ですが、それ以外の地方から投稿されている方もいます。また河出書房新社編集部へは、全国の皆さんが川柳をお寄せくださっています。なお作者の年齢は、投稿当時の年齢を記載しております。

髭《ひげ》剃《そ》って
会うのは妻と
ポチとタマ

島田正美（75歳）

粗大ゴミ
オルガン、ピアノに
もう一人

上村 栄（71歳）

心配だ
ラジオ体操
尿《にょう》の漏れ

狩野牧男（84歳）

「おい、じいさん」
お前に呼ばれる
筋《すじ》はない

葛西庸三（93歳）

万歩計
口につけたら
負けないぞ

堀江良彦（80歳）

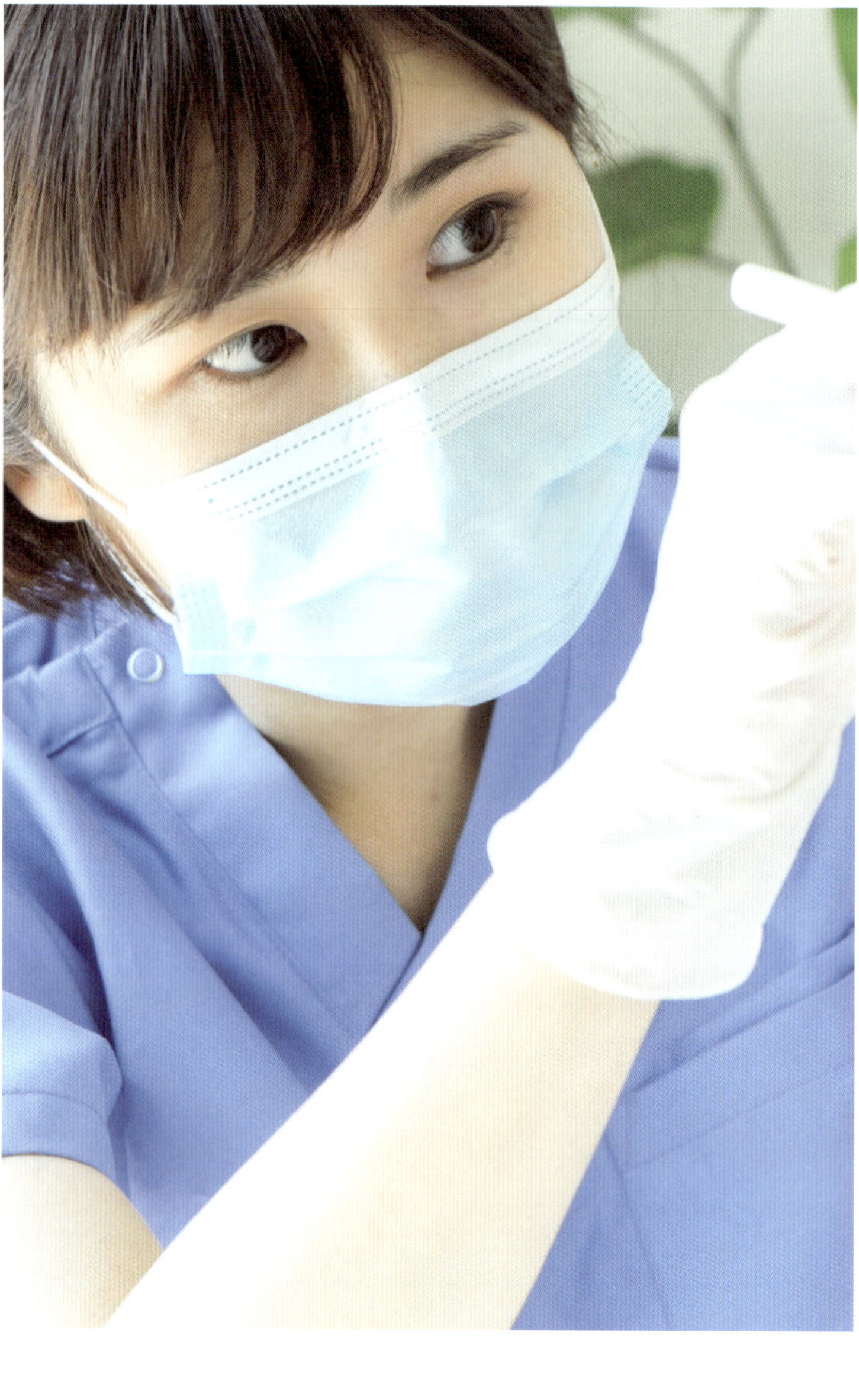

くちびるを
美女が触れます
歯の検査

山田明（74歳）

お姉さん
振り向く気持ち
ぐっと抑《おさ》え

小田オク子（70歳）

「そこの美女！」
呼べば見返る
皆《みな》外《はず》れ

中沢民雄（71歳）

梅干しは
ババァになって
一流よ

山田和子（81歳）

獅子《しし》舞《まい》を
踊りましょうか
総入れ歯

佐竹淳子（64歳）

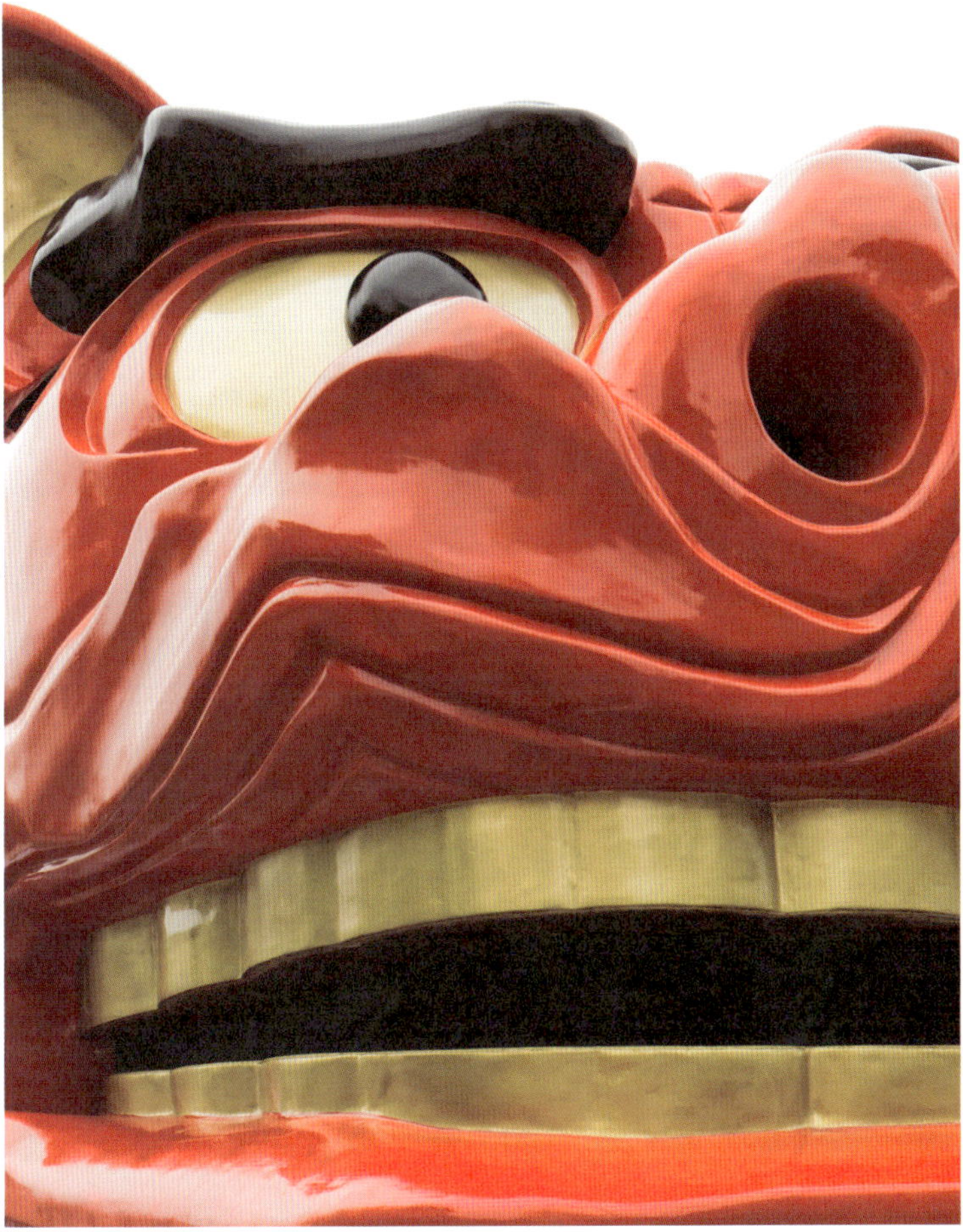

梅雨入り
蛙の合唱
ジャズ踊る

大友寛子（88歳）

カラオケで
歯が外れそう
歌い切り

及川光子（80歳）

一人でーす
音高くして
録画みる

鈴木ひろ子（73歳）

二の腕を
おもちのようと
遊ぶ孫

清野聡子（80歳）

孫の手が
爺《じい》のバーコード
なでなでし

林 勝義（79歳）

すかし屁
残して譲る
バスの席

放屁して
返事を返す
トイレ中

2句とも、栗栖三男（89歳）

芋《いも》食べて
立つ度にオナラ
一人自由

五嶋明恵（80歳）

子と同居
おなら自由の
六畳間

松山敬子（84歳）

朝ぼらけ
自転車こいで
借畑へ
石川勢津子（87歳）

雨降りに
一人楽しむ
朝の風呂
服部三千代（77歳）

一歳や
孫の瞳に
一目惚《ひとめぼ》れ

佐々木浩幸（64歳）

助かるな
うちの孫は
もやし好き

桜井てい子（73歳）

入学祝い
お金が良かったと
ランドセル

岩田千秋（65歳）

年齢《とし》訊《き》かれ
よく生きてるねと
孫が言い

関口勝司（84歳）

墓参り
ウグイスが鳴く
夫かも

小高辰子（87歳）

ヨン様と
あだ名の彼が
ボケたとか

衣鳩智恵子（79歳）

逝《い》くことは
当面止《や》める
老いの恋

島田正美（75歳）

遠い昔
あなたは私の
光る君

百合草信子（72歳）

友偲《しの》ぶ
みな口説かれたと
女子の会

衣鳩智恵子（79歳）

特集 べらぼう夫婦

よいことも悪いことも。
夫婦を続けてきたら
いろんな思いが降り積もる。
お隣のご夫婦はどんな感じ？
本音川柳でそっとのぞき見。

特集 べらぼう夫婦

二人から始めた家族今十人

佐々木美知子（76歳）

病室で
ジュースで祝った
金婚式

村井冨美子（87歳）

世話かけた
妻に一曲
ハーモニカ

岡本宏正（83歳）

はじまりは
トイレ・バスなし
一間から

東 啓子（76歳）

十八、九
無理やり見合い
そして今

久光哲朗（86歳）

特集 べらぼう夫婦

誰かしら夫の墓に赤いバラ

片倉陽子（73歳）

夫婦でも
立ち入り禁止
あっていい

中尾美恵子（77歳）

退院を
したい夫と
渋る妻

中　文子（76歳）

特集 べらぼう夫婦

仲人は嘘の上手な人でした

鈴木武志（75歳）

帰宅した
妻の「ただいま」
犬にだけ

清水潤（71歳）

来世は
恋愛結婚
決めている

千石巌（95歳）

腹立つも
居らんと困る
古女房

上久保周一（75歳）

王子様
金婚式には
おじいさま

千葉洋子（73歳）

あら、トイレ
仕草でわかる
四十五年

高橋武子（72歳）

運が良く
母ちゃんだけが
当たりくじ

大橋庸晃（79歳）

入院は
一日でよい
婆恋《ばばこい》し

小澤次男（78歳）

フルムーン
手をつなぐのは
こけぬため

近藤圭介（72歳）

ステーキを
食べたいけれど
総入れ歯

小澤次男（78歳）

旅先で
入れ歯忘れて
豆腐だけ

広瀬 明（84歳）

大笑い
飛び出す入れ歯
追いかける

長谷川永峰（73歳）

若い頃
やめたい仕事
今支え

石毛恵美子（65歳）

働けど
働けど未だ
労働者

菅野孝司（77歳）

百までは
生きると決めて
金計算

久慈レイ（96歳）

その額で
何でもめるか
お前たち

大森晃（67歳）

ゴキブリだ
もうろく婆の
技《わざ》冴《さ》える

酒井三千枝（78歳）

年取ると
誰でもそうよと
言う人嫌い

藤田りつこ（76歳）

無茶やめて！
片足立ちは
とめられる

大友敏子（89歳）

卒寿でも
マウントとりたい
ガッツな姑

佐竹淳子（64歳）

脳活性
一日五羽の
鶴を折る

酒井三千枝（78歳）

調子良い
ところ探して
今日を生き

石山寅次郎（86歳）

体操す
二の腕振袖《ふりそで》
パタパタと

加藤信子（75歳）

赤上げて
白上げられず
肩おとす

川添雅子（74歳）

靴が鳴る
ひ孫ヨチヨチ
春うらら

尾崎サカエ（92歳）

仏前で
マッチに挑戦
してる孫

小関美枝子（79歳）

注意して
ババァーと返る
学童よ

大里洋子（70歳）

「愛犬用」
言いつつ食す
パンの耳

佐竹淳子（64歳）

釘《くぎ》踏《ふ》んだ
タイヤの如《ごと》く
痩せたいが

門馬旭（90歳）

「痩《や》せなく茶《ちゃ》」二袋買う道の駅

平野洋子（72歳）

年《とし》ごとに
亀の動きに
似てきたり

川端照子（92歳）

不自由と
息子頑固《がんこ》に
「嫁要らん」

子よ解《わか》れ
若く居たいが
そうは行かん

ロボットに
成っても待つぞ
孫の嫁

3句とも、中田利幸（71歳）

歯の治療 痛さで医者の 顔叩《たた》く

池田 昇（73歳）

あの女医は抜糸が得意指名替え

阿部良一（80歳）

夕立よ
早くとんでけ
明日は旅

西沢周子（101歳）

白雲《くも》の流れ
見て楽しむや
朝の入浴

宮井逸子（96歳）

新幹線
となりの爺さん
ときめきゼロ

阿部澄江（70歳）

想定外
残高少なく
大ショック

高橋えみ子（73歳）

万札を
シャワーのごとく
使いたい

小林 功（80歳）

友病い
我が身を忘れて
ただ励ます

木場ゆり子（73歳）

看護師の
静脈探しに
部位たたく

川端照子（92歳）

バッタリと
ころんで杖《つえ》を
抱きしめる

佐藤直子（90歳）

今日あった
愚《ぐ》痴《ち》の聞き役
抱きまくら

中尾美恵子（77歳）

歩き過ぎ
足がつるのは
夜中です

浜村一枝（82歳）

レンジチン
二分待つ間の
スクワット

臼井和子（78歳）

女性車両
女ですもの
婆も乗る

寺田文子（81歳）

抱かれるも
ないのにパジャマ
柄《がら》えらぶ

久慈レイ（96歳）

デイの日は
どの服着るか
今、お洒落《しゃれ》

大和田久美（66歳）

おしゃれして
帰宅後発見
値札付き

文屋文江（71歳）

手を抜いた
次男が何故か
よく育ち

澤田石廣道（72歳）

「見守り」と
毎週食事に
来る息子

小関美枝子（79歳）

「生きとるか？」
息子のライン
ただそれだけ

松山敬子（84歳）

墓守を
頼むと息子
生返事

佐藤優子（77歳）

じいと孫
ギョーザ作りで
盛り上がり

日野実千代（74歳）

保育園
ひ孫の名前
縫《ぬ》い付ける

町田猫子（95歳）

「オメデトー」
言えた二歳が
また可愛い

白木幸典（94歳）

昭和ネタ
孫のくいつき
ジジうれし

児玉　悟（77歳）

九〇歳以上の川柳の部屋

~あっぱれ！人生の大先輩~

長く年を重ねても学びは続く。
人間だもの、落ち込む日もあるけれど、
気を取り直して前を向く。
そんな知恵と思いが光る先達の作品たち。

卒寿超え
認知予防に
毛糸編む

尾崎サカエ（92歳）

肩ごしに
見ながら学ぶ
セルフレジ

小林須美（90歳）

誕生日
一人暮らしは
寂しいよ

服部喜栄子（94歳）

庭先の
スズメにあげる
高い米

佐藤きよ（90歳）

九十五
まだまだ不要
「おしめさま」

白木幸典（95歳）

婆も磨く
シミ・シワ取りの
クリームを

田中利子（99歳）

老いる脚《あし》
ペンギン歩き
身を護る

成澤治雄（90歳）

補聴器を
落とすと悪いと
しまっておく

宮井逸子（96歳）

ジャンボくじ
夢でも失神
してみたい

志鎌清治（98歳）

新体操
ハートがキュン
若返り

扇 光男（90歳）

男だな
百になっても
美人には

山本敏行（98歳）

嫌いでも
好みと食べよ
百三歳

服部万吉（103歳）

結婚の
決め手は貴方《あなた》の
真っ白な歯

山岡京子（90歳）

咳止《せきど》めの
飴《あめ》をしゃぶり
シャツ畳む

尾崎サカエ（93歳）

日々脳活
生きねばならぬ
たくましさ

荒木 清（92歳）

庭で
読書するのも
気分良し

西沢周子（101歳）

耳鳴りは
生きてる証《あか》し
気にならず

上杉義弘（93歳）

してみたい
ジジに内緒で
アレとアレ

想《おも》う人に
ハグしてもらい
血圧上がる

来年は
内緒内緒
ふやしたい

ナンマイダー
心より言える
九十歳

4句とも、坂井艶子（90歳）

年金は
流れ星かな
すぐ消える

文屋文江（71歳）

繰り下げを
勧められても
無職だし

伊藤由美子（64歳）

孫が来て
はたと気が付く
年金日

石川 昇（71歳）

年金は
呼吸するだけの
支給額

秋葉秀雄（77歳）

年金日
飼い犬までもが
お手をする

上村 栄（71歳）

年金を
ぼやき批判し
でも縋《すが》り

菅原角一（83歳）

楽しみは
2ヶ月ごとの
和菓子買い

大橋咲子（75歳）

揚げたての
天ぷら頬《ほお》ばる
年金日

坂部宏子（84歳）

叶《かな》うなら
昔のオレに
教えたい

岡本宏正（83歳）

父の日に
介護パンツを
贈られた

澤田石廣道（72歳）

紙おむつ
何が余生か
こん畜生

中岡 章（86歳）

尻を拭く
前に口拭く
婆トイレ

久慈レイ（95歳）

「爺、閉めて！」
トイレのドアと
ファスナーを

吉岡敏郎（82歳）

皺《しわ》だらけ
伸ばしボンドで
貼りつけたい

守永京子（76歳）

入歯ぬけ
責める気なくす
おちゃめ顔

南田順子（67歳）

誕生日
何もないけど
いなりずし

木村 忍（91歳）

うなぎ見て
躊躇《ちゅうちょ》しながら
シジミ買う

菅原育子（77歳）

子どもに
車頼むと
高くつく

中沢常夫（88歳）

娘来る
楽するつもりが
楽されて

加藤宏子（87歳）

子も中年
今さら旅に
出したって

紙谷義和（74歳）

老いて子に
従いたくとも
子も老いて

小野幸子（86歳）

ツバメの巣
見上げ羨《うらや》まし
大家族

渡邊美奈子（87歳）

疲れたよ
我が身の介護
やめたいよ

何のため？
生きてるのだろう
もういいよ

あとかたもなく
消ゆる方法
ないかしら

3句とも、今井慶子（89歳）

ハクションも
豪快になる
喜寿の妻

桜井ていこ（72歳）

食べ方が
動物的に
なってきた

池田 昇（73歳）

グレーヘアー
堂々座れる
優先席

飯島正子（72歳）

ばあちゃんは
襲われるかも
ベルを持つ

松山敬子（84歳）

七七歳
バァバが触る
初スマホ

佐藤優子（76歳）

情報源
ばば友よりも
ユーチューブ

岡部ミナ子（78歳）

何の花
グーグルレンズで
解決し

大橋咲子（75歳）

知ったかぶり
磨きをかける
スマホ様

佐藤昭子（72歳）

自分でも
何がほんとか
わからない

石川 昇（71歳）

年問われ
ボケたふりして
サバを読む

小田オク子（70歳）

忘れてた
忘れたことも
忘れてた

岩田辰男（71歳）

人の名を
あいうえおから
思い出す

小田オク子（70歳）

背が縮み
体重ふえて
肉移動

岡部ミナ子（78歳）

加齢臭
爺様ばかりと
思ってた

加藤信子（76歳）

泥かしら
こすってみれば
シミでした

小野さつき（81歳）

同窓会
旧姓呼ばれて
何かドキッ

小田オク子（70歳）

同窓会
毛が抜け歯が抜け
一人抜け

甲斐義廣（75歳）

歩く会
歌う会経《へ》て
偲《しの》ぶ会

近藤圭介（72歳）

散骨を
頼んでいるが
泳げない

村田稔（72歳）

介護など
せずともよいぞ
どうせ死ぬ

田村蒸治（83歳）

早く逝《い》けば
知らずに済んだ
こともある

木下隆介（87歳）

テレビ見りゃ
死亡保険が
呼んでいる

尾崎サカエ（92歳）

娘の墓へ
蛍に変身
行きたいな

高橋スマノ（97歳）

「かのうちゃん」
急逝し友
耳もとへ

加納恵子（77歳）

逝く人に
見送る人に
蝉時雨《せみしぐれ》

山内峯子（94歳）

年齢を20ほど捨てて生きていく

中尾美恵子（77歳）

【編者あとがき】

『みやぎシルバーネット』　編集発行人　千葉雅俊

読者の方から「シルバー世代のステキな生き方が川柳から浮かんできます。お手本にしたい」というご感想をいただきました。「川柳は人をよむ」とか、「最も短い小説」とも言われます。人間ドラマがあふれ、その短さゆえ想像力を膨らませられたりもします。笑いを生むだけじゃない！　それもシルバー川柳の魅力と言えそうです。

さて、このシリーズも12年目を迎え、掲載した作品の一部はスカウトされて活躍の場を広げています。たとえば、介護に関する冊子、人権教育の冊子、カレンダー。そしてなんと、歌詞の中に川柳が取り入れられるという嬉しいできごとが起きました。名古屋青年合唱団（※「青年」と言っても現在のメンバーはシニア世代が中心）の皆さんが、川柳をモチーフにした歌『想いを言葉に～川柳でつづる合唱シアター～』を作り、昨年6月に開催した同合唱団の音楽会にて初演されたのです。

音楽会での一コマ

歌詞には合計13句の川柳が含まれ、そのうちの2句は河出書房新社刊『ババァ川柳』の掲載句から選ばれたもの。残りの句は、団員と関係者が詠んだ80句ほどの中から選ばれたのだそうです。

同合唱団の佐藤俊隆副団長（61）は「音楽会に笑いがほしいと思い、川柳に着目しました。シルバー川柳の本の中から何句かお借りし、合唱団員も川柳を作って作曲。お客様に大うけで、大成功でした。今後も高齢者の集まりなどで再演したいと思います。第2弾を創作しても面白いと思っています」と話していました。

名古屋で開催された音楽会の来場者アンケートでは、「（プログラムにあった12曲の中で）川柳の歌がとても面白かった」、「（川柳の歌に）共感。身につまされることばかりで元気をもらった」と、好評だったそうです。

歌詞にシルバー川柳をよみこんだ歌の一部をご紹介いたします。

想いを言葉に

名古屋青年合唱団　構成
石黒真知子　作詞
藤村記一郎　作曲

「○○さーん、○番受付までおいでくださーい」
また病院　ポイントあれば　貯まるのに
「おじいちゃん」「え〜？」
「○○してくださいね」「エ〜？」
年とって　聞こえぬふりして　なにもせず
仏壇に　今でも好きと　チョコを置く

こちらの歌は、目で見ても楽しめます。垂れ幕や横断幕が多数用意され、団員の皆さんの掲げるタイミングも絶妙。その動画を下のＱＲコードから観ていただけます。また、歌っていただくことも可能です。（動画２曲めが、川柳の入っている歌です）

楽譜は1部500円。
お問合せは下記まで。
問／名古屋青年合唱団
☎052（361）8645

河出書房新社「シルバー川柳」編集部

春とともに話題の大阪万博、開催。笑顔は世界共通！　ならば本書もシルバーの多彩で楽しい作品で咲き乱れましょう、と今号を「笑いの万博編」と名づけました。

いつも編集部に感想のコメントハガキもありがとうございます。スタッフ皆で励みにしています。ほんの一部をご紹介。「当方90歳の男性。高血圧症で通う近くの診療所に出す毎日の血圧記録の余白に川柳？らしきものを書いてたら、受付の〝かわいい娘〟から面白いと褒められ、もっと褒められたいという不純な動機で『シルバー川柳入門』も購入。基本とコツを学んでいます」（大分県　K・Tさん）。素晴らしい動機じゃないですか！　それなら頭と心の体操で川柳を続けるしかありませんね。「冬の札幌は雪が降り、路面はツルツル、外出がむずかしいんです。エンピツとノートの世代は川柳で楽しい時間が過ごせます」（北海道　I・Mさん　78歳）。札幌にも春がやってきましたね。天気のいい日はお外に出て川柳のネタ探しなさってください。シルバー川柳で皆さんの暮らしがもっと楽しく輝きますようにと願っています。

60歳以上の方のシルバー川柳、募集中！

ご投稿規定

- 60歳以上のシルバーの方からのご投稿に限らせていただきます。
- ご投稿作品の著作権は弊社に帰属します。
- 作品は自作未発表のものに限ります。
- お送りくださった作品はご返却できません。
- 投稿作品発表時に、ご投稿時点でのお名前とご年齢を併記することをご了解ください。
- ペンネームでの作品掲載はしておりません。

発表

今後刊行される弊社の『シルバー川柳』本にて、
作品掲載の可能性があります（ご投稿全作ではなく
編集部選の作品のみ掲載させていただきます）。
なお、投稿作品が掲載されるかどうかの個別の
お問い合わせにはお答えできません。何卒ご了解ください。

あなたの作品が本に載るかもしれません！

ご投稿方法

- はがきに川柳（1枚につき5作品まで）、郵便番号、住所、氏名（お名前に「ふりがな」もつけてください）、年齢、電話番号を明記の上、下記宛先にご郵送ください。
- ご投稿作品数に限りはありませんが、はがき1枚につき5作品まででお願いします。

〈おはがきの宛先〉

〒 162-8544
東京都新宿区東五軒町 2-13
（株）河出書房新社
編集部「シルバー川柳」係

※2024年5月より、宛先の住所が変わりました。ご注意ください。

みやぎシルバーネット
一九九六年に創刊された高齢者向けのフリーペーパー。主に仙台圏の老人クラブ、病院、公共施設等の協力を得ながら毎月三五〇〇〇部を無料配布。高齢者に関する特集記事やイベント情報、サークル、遺言相談、読者投稿等を掲載。
https://miyagi-silvernet.com

千葉雅俊 『みやぎシルバーネット』編集発行人
一九六一年、宮城県生まれ。広告代理店の制作部門のタウン紙編集を経て、独立。情報発信で高齢化社会をより豊かなものにしようと、高齢者向けのフリーペーパーを創刊。シルバー関連の講演会などの活動も行う。選者を務めた書籍に『シルバー川柳』『超シルバー川柳』シリーズ（小社）、『シルバー川柳　孫へ』（近代文藝社）。著書に『みやぎシニア事典』（金港堂）などがある。

ブックデザイン	GRiD
編集協力	毛利恵子（株式会社モアーズ） 忠岡 謙　（リアル）
写真	ピクスタ
Special thanks	みやぎシルバーネット「シルバー川柳」読者、投稿者の皆様。 河出書房新社編集部に投稿してくださったシルバーの皆様

笑いあり、しみじみあり
シルバー川柳　笑いの万博編

二〇二五年三月二〇日　初版印刷
二〇二五年三月三〇日　初版発行

編者　みやぎシルバーネット、河出書房新社編集部
発行者　小野寺優
発行所　株式会社河出書房新社
〒一六二-八五四四
東京都新宿区東五軒町二-一三
電話　〇三-三四〇四-一二〇一（営業）
〇三-三四〇四-八六一一（編集）
https://www.kawade.co.jp/

組版　GR・iD
印刷・製本　TOPPANクロレ株式会社

Printed in Japan　ISBN 978-4-309-03953-4

次号予告

次の第27弾シルバー川柳本は
2025年6月ごろ
発売予定です！

次巻もお楽しみに♪
バックナンバーも好評発売中です。
〜くわしくは本書の折り込みチラシをご覧ください〜